野原さんぽ　里山あるき

小野　養
Ono Yoh

三省堂書店
創英社

はじめに

齢《とし》を重《かさ》ねるにつれ、野に遊ぶことが多くなった。
画帖片手に野に心をとき放《はな》つことにする。
還暦・喜寿を経て到達した卒寿を一つの区切りにして、
気楽な絵日記にまとめてみた。

目次

第2編　里山あるき ―― 117

第1編　野原さんぽ

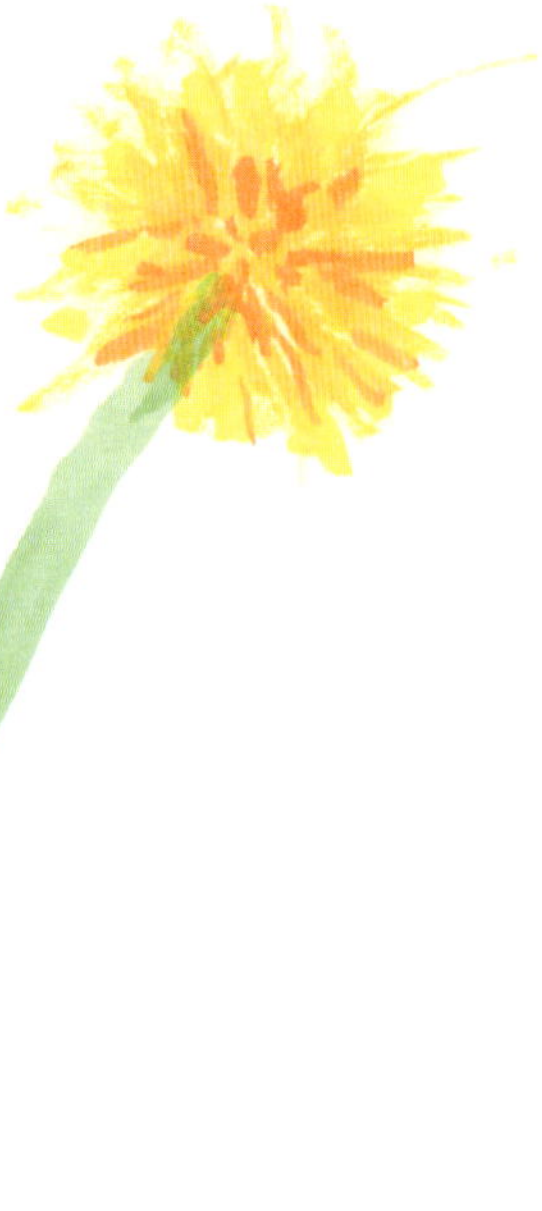

1　勲章

昼寝をしていると、電話が鳴った。

〝はいはい、もしもし〟

〝こちらは、公園のタンポポですが、良いお天気なので、ぜひ、いらして下さい〟

〝はいはい、すぐ参ります〟

そこで私は、コールテンのズボンの、ちょっとつっぱったひざ小僧を、ポンポンとたたいて、へこませて出かけて行きました。

公園に着いて見ると、いや大変な歓迎です。つまり、こういうことなんです。

私は、野の花が大好きで、いつも野原の詩を書いているので、野原の方も大変感謝して、タンポポの勲章をくれるという訳です。

春日黄花大勲章といって大変な勲章なんだそうです。

これを胸につけて歩いて行くと、野の花々が敬礼します。

私は、おうように答礼をします。

〝やあ　やあ〟

〝やあ　やあ　やあ〟

中には、左手で敬礼しているのもいます。

第１編　野原さんぽ

2　空のおしゃべりさんたち

タンポポの花を胸につけて
春の野を行くと
ひばりたちが、一斉に批評を始める。
「きざだ！　きざだ！」
私は、すまして口笛を吹く。
すると、今度は
「ごはん粒だ！　ごはん粒だ！」

とさわぐ。
ズボンのおしりに手をやってみると
なるほど、ごはん粒が一つ、ついていた。

3　水仙

水仙の花が小さな口先をせいいっぱいとがらせて北風にキスをして遊んでいます。

すると、北風の凍りついた頬が、そこだけ、ふっとほころびて、春風に変《か》わってしまうのです。

4　ナズナ

雨あがりの田に、レンゲやナズナが一面に咲いている。葉の形が三味線のバチに似ているところから、ナズナはペンペン草とも呼ばれている。

「ペンペン」

小さな小さなバチの音が、そよ風に乗って流れて行く。しかし、悲しいことに、聞いている人は誰もいない。

ただ、口いっぱいに草を頬ばった山羊が、時折頭を上げて、風に耳を傾けているだけである。

5　山羊の頭

山羊の頭を押すと
山羊の頭が押し返す。
「こいつめ!」と力《ちから》を入れると
山羊めも、ぐっと力を入れる。
倍の力を入れると、
倍の力で返す。
よだれをたらし、白眼をむいて押してくる。

なんだか気味が悪くなり
とうとう、手を引き逃げてきた。
山羊の頭は恐ろしい。

6　速達

霧雨が止《や》んで空が明るくなると、小鳥たちは、はしゃぎ出す。

「さあ　忙しくなるぞ」

セキレイの郵便屋さんが速達便を持って畑の上を矢のように横切る。行ったかと思うと、今度は別の手紙を持って戻ってくる。

ひよどりは村役場に、雀は農協に、それぞれ急ぎの用事がある。何もする事がない山鳩は申し訳《わけ》に「でゞっぽう」と鳴いてみせる。

ところで、セキレイが運んだ速達の文面は

「おタマの足が生《は》え候」であった。

7 笑い声

清流をのぞくと
川底の石についた苔を
鮎がつついて食べている。
石にして見れば
これが、くすぐったくてたまらない。
耳をすますと
せせらぎの水音にまざって

石たちのくすくす笑いが聞こえてくる。

8　高原の五月

すずらんが小鈴を振ると
そよ風が、水色のドレスをひるがえして
ワルツを踊り始める

9　エゴの花

藤の花が終わり、五月もなかばを過ぎると、山陰の径《みち》に点々とエゴの花が
咲き始める。
白い五弁の花が、三つ四つとかたまって咲き、やがて、満天の星のように
径をおおう。
甘い香りがあふれ、川を越えて、向うのえんどう畑の方まで流れて行く。
十日ばかりの短い花期が終わると、星の花は地に一面にふりそそぎ、暗い

山陰の径を、そこだけは、ほの白く浮かび上がらせ、歩いていると、まるで銀河の上を行くような気がしてくる。

それから雨の日が続き、花もすっかり散って、星の径も、いつしかもとの黒い土の径に戻った六月のある朝、足早に通り過ぎようとする私の上に、空気を切って小さな固《かた》いつぶが落ちてきて、スコンと頭に当たった。

足許にころがったものを良く見ると、赤い小さなエゴの花の芯だった。

10　ネギ畑

ネギ畑で
ネギたちが、ヨガをやっている
ひょろりとのびた葉先が
あるものは天を指《さ》し
あるものは地を指しているが
おおかたは
良い加減な方角に向いている

11　雨蛙

昨夜から小雨が降り続いていたせいか、雨蛙の一群が茂みから小径に這い出している。
彼等は、お互いに礼儀正しい。
両手をぴたりと地につけ、腰をかがめて挨拶をかわしている。
蛙の世界は、まだ古風なのだ。

12　フェンスと野草たち

野苺の季節が終わったころ、生い茂った雑草の土手に鉄道のおじさんたちがやってきて、草を刈り始め、そこら中を丸坊主にしてしまった。フェンスのこちら側から、おやおやと眺めていたが、それから三週間ほどたって来てみると、すさまじい勢いで草が伸び始めている。

フェンスの金網にも野草のつるが競走で登っている。山芋が真っ先に上までたどり着いて葉をひらひらさせて、いばっている。負けてなるかと甘茶づるが追いかける。

つるこそないがいたどりの成長ぶりもめざましい。ところで毎年顔を見せているへくそかずらはどうしたろう。

へくそはどこだと探していると、下の方で

「おーい！」

と声がする。

見ると、いたいた。足許でつるの先をふっている。

13

石と、ひき蛙

ひき蛙は
大きな石の前に坐ると
己の存在が、うすくなる気がしてならない
石に向かって坐ること七年
ついに石を師と仰ぐに至った

14　いも畑の雨

雨が降り出した
待望の雨が
いも畑で、里いもの子が、葉をふって喜んでいる
葉の上に溜《たま》った水玉をころがして遊んでいる
大きな葉を楯《たて》に見立てて
両隣りと立ちまわりを始める
「やあ　やあ」

「やあ　やあ　やあ」
そのうち、雨が　どしゃぶりになって、
何が何だか判らなくなってしまう

15

ゆびきり

もん白蝶のお別れは
ゆびきりげんまん　またあした
さよならげんまん　またあした
おまけのげんまん　またあした
いつまでたっても終わりません

16 竹の葉

川に落ちなかった竹の葉は
舟にもならず　小径《こみち》に散って
からからにかわいて　茶色くなって
その上を踏んで通ると
「ハリハリ」と
かすかな音がする

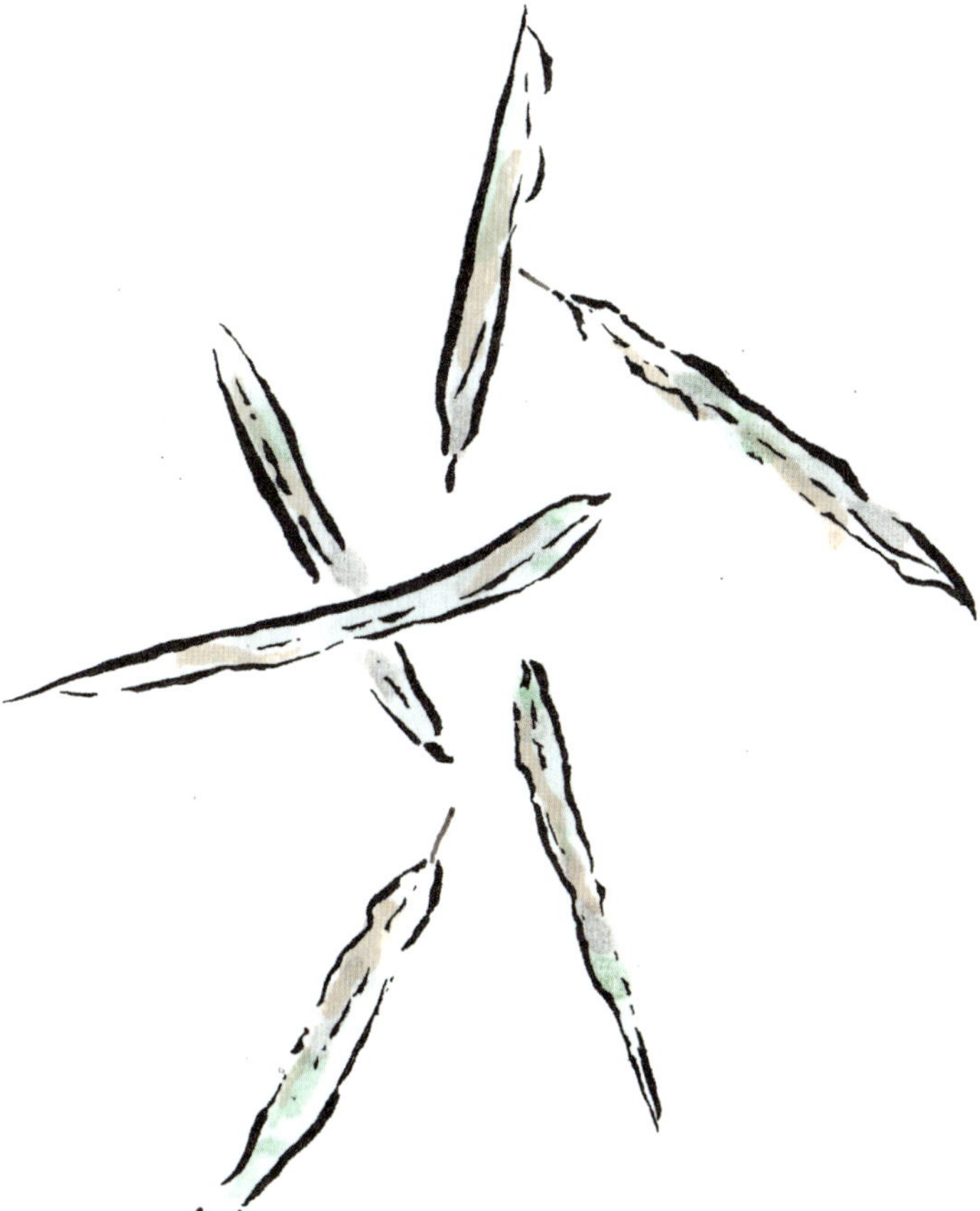

17

町はずれの蛙

町のはずれの川の中
蛙が一匹住んでいる
どこにいるのか見えないが
独《ひと》りで木琴たたいてる

18　立ちあおい

向こうの丘にある農家のわきに
立ちあおいの一隊が
燃え立つ緋色の旗さし物を連《つら》ねて
控えている。
一方、こちらのあぜ道には
薄桃色の一団が、これまた満を持している。
はなやかな軍旗を夕陽にはためかせながら、

両軍、機をうかがって動かない。
そのうち、日が暮れてしまう。

19　いも・かぼちゃ戦争

小径《みち》をはさんでさつまいも畑とかぼちゃ畑が向かい合っていた。

いもとかぼちゃは、それぞれ、その小径が国境線と考えていた。

しかし、なまじ国境線などという変な線があると、それを越えて向こう側に行ってみたくなるもの。

ある日、かぼちゃのつるが一本、小径に這い出した。そこへ、いものつるが、これまた一本這い出して、先に出ていたかぼちゃのつるをふんづけた。

たまたま、その時、電線の上にとまっていた、ひまをもてあましていたむく鳥が、これを見て一句読んだ。

〝うらなりのかぼちゃおいもに足踏まれ〟

そして、よせば良いのに、これを畑の上で、大声で読み上げたので、かぼちゃたちは大そう腹を立て、いもを討つべしという事になった。そこで、丸重《まるしげ》つるの助という大《おお》かぼちゃが大将になって戦の支度を始めた。

それを知ったいも畑の面々、こしゃくなかぼちゃめ、目に物見せてくれようと、こちらは、嵐吹《あらしふく》太郎太長《ふとなが》を頭《かしら》にして、かぼちゃの先を制して、国境を越えて、次々とかぼちゃ畑に攻め入った。

かくて、いも・かぼちゃ入り乱れての大戦争になった。

そこへ、向こうからお百姓がやってきた。

〝あんれ、まあ！　なんちゅうこんだ！〟
お百姓は径に這い出したいも・かぼちゃのつるを、みんな刈り取ってしまった。

20　すっぱいお弁当

公園に入ると、すぐに木の柵があって「鹿さん牧場」と書いてある。柵の横にはつるばらのアーチがあり、蜜蜂がぶんぶん花のまわりを飛んでいる。花の下にゴザをしいて、みんなでお弁当を食べることにした。お弁当は大好きな海苔と卵のお弁当だ。

するると、横の枝にいた雀のお父さんが、すぐに、これを見つけた。

「あっ！　お弁当だ！」

お父さんは、大急ぎで飛んで行って、お母さん雀と仔雀を連れてかけつける。

「お弁当だ！　お弁当だ！」

「卵と海苔のお弁当だ！」

それを聞いて、近くの植込みから七面鳥が顔を出した。

「え？　お弁当だって？

卵と海苔のお弁当だって？　え？　え？」

たちまちのうちに、あちらの茂み、こちらの物陰から、手品のように七面鳥たちがとび出してきた。口々に
「お弁当！　お弁当！　卵と海苔のお弁当！」と叫びながら、二本の足を交互に動かしてかけてくる。

さあ大変！　いくらおすそ分けと言ったって、そんなに沢山お弁当がある訳はない。
そこで、夏みかんの皮をむいて
「これでどーお？」とやってみたら、七面鳥は一口《ひとくち》つつくと
「すっぱーい！」と言ってはき出し、他の七面鳥も口々《くちぐち》に
「すっぱーい！　お弁当すっぱーい！」
と叫びながら走って行ってしまった。

21　街道

古い街道をバスが行く、その小さな雑貨店の軒が揺《ゆ》れる。街道の山側には農家や竹藪などが点在し、反対側には田《た》んぼや畑が開けている。

村役場の前に横断歩道があって、プラスチック製のお巡《まわ》りさんと子供の人形が立っている。少しはなれて立ちあおいの一群《ひとむれ》が燃え、夕陽の色に咲きほこっている。

あたりのくすんだ景色の中で、そこだけ、あまりにはなやかなので、人の目は、どうしても花の方に集まってしまう。

誰も見る人のないお巡《まわ》りさんの人形は、ほこりで白くなった帽子をきちんとかぶり、やや前方に傾いたまま、じっと立っている。

その手にしっかり子供の人形の手をにぎりながら。

22

雨のコンサート

傘はすてきな小部屋です
雨のカーテンぴたりと閉《し》めて
やっと私は一人きり
誰ですか、下から覗《のぞ》いているのは
あ、蛙《かえる》君ね　入り給え
これからコンサートが始まるよ
雨のドラムがパンパンパンパン

強くなったり、弱くなったり
音楽が、シャワーのように降ってくる
白いスカートひるがえし
朝の舗道に跳ねる雨
ティンティン　トゥララ　ティン　トティン
雨の踊り子　ティン　トティン
跳ねて踊ってスカートの
裾《すそ》をつまんで、ボンジュール
ティンティントララ　ティントティン

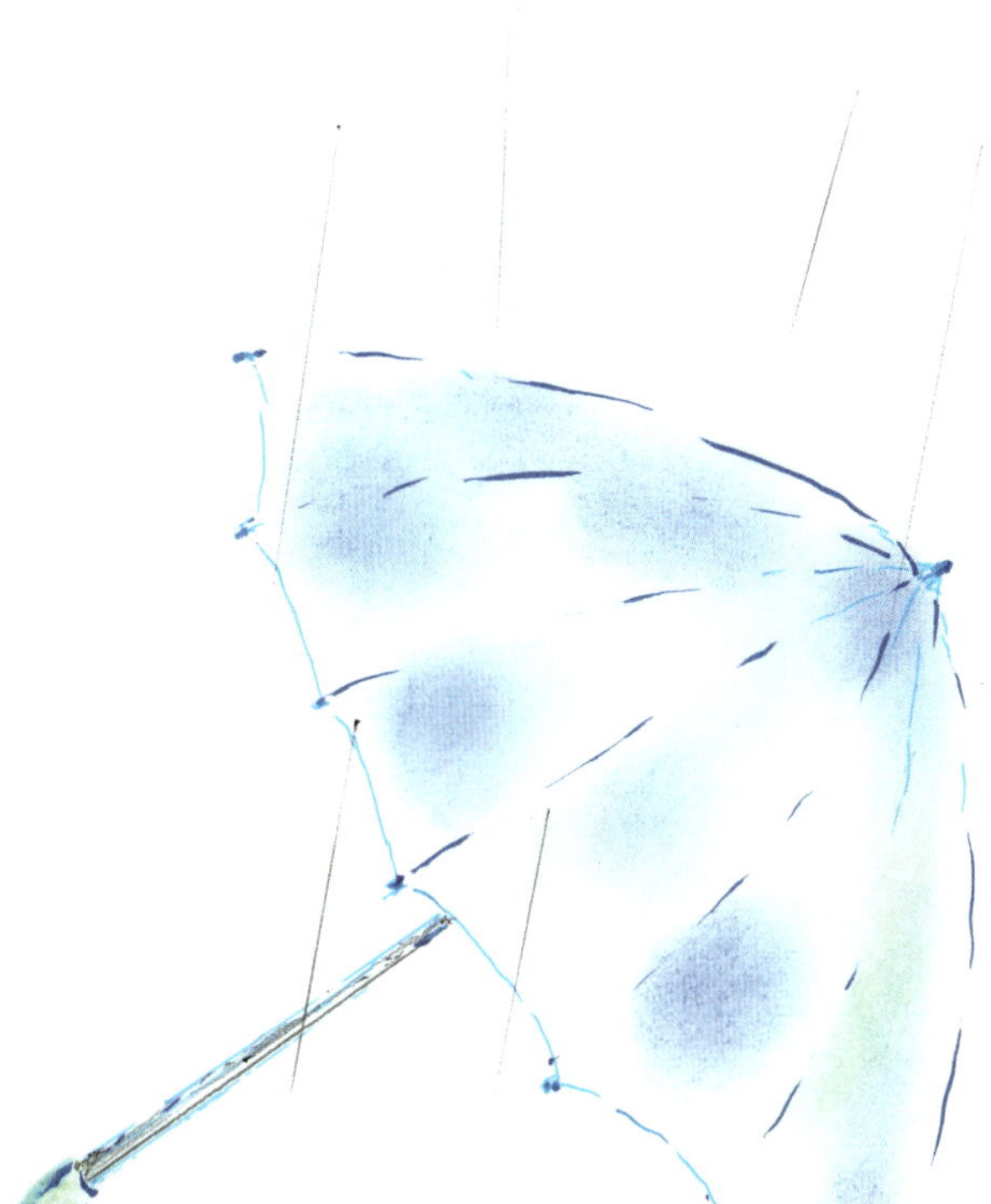

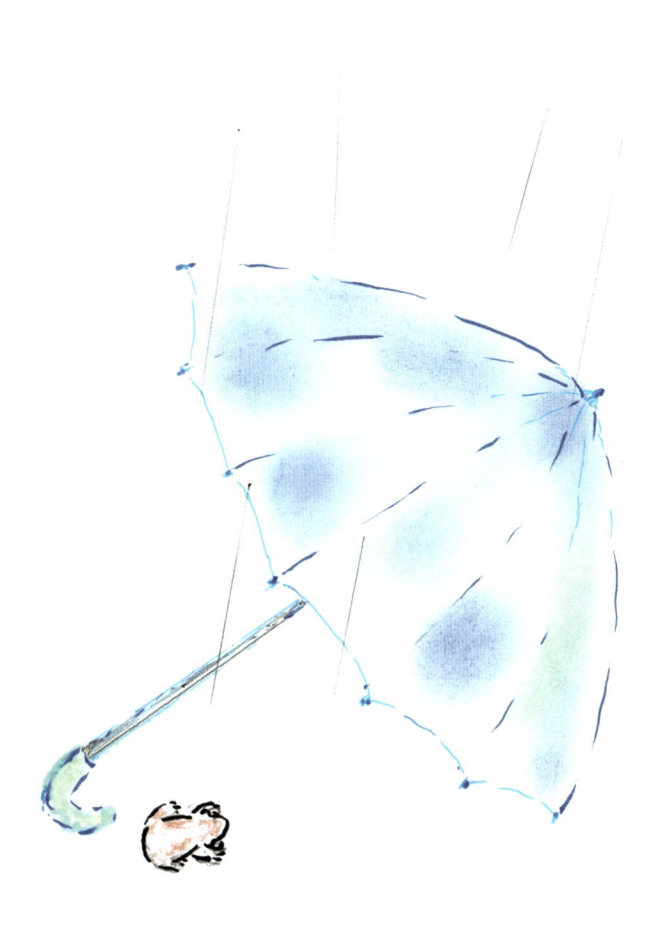

23　収穫

若いお百姓が畑からいもを入れた大きな籠を抱えてきて、耕うん機の荷台に、よっこらしょと積みこむ。

荷台には、先ほどから、彼の女房と子供が乗って待っている。

「さあ　出発だ！」

ゴトゴト　ゴトゴト
耕うん機は走り出す。

ゴトゴト　ゴトゴト

荷台の上では
お百姓の女房と
子供が
おいもと一緒に
なって揺《ゆ》れている。
ゴトゴト　ゴト
ゴト

24

雄鶏《おんどり》

「コケコッコー！」
道ばたの農家の庭で、雄鶏がとき・を作っている。
聞きなれていた私は、気にとめないで行き過ぎようとしていた。
これが、彼の癇《かん》にさわったらしい。
近ごろの人間共と違って、彼は、誇《ほこ》りに生きていた。
赤い顔がますます赤くなる。
目が血走り、だんだん釣り上がってくる。

その目を、ぴたりと宙に据《す》えると
雄鶏は、この世のものとも思われぬ恐ろしい叫び声をあげる。
「コケコッコー！　だってばー！」

25 セキレイ

流れに沿《そ》って岸辺を歩いて行くと、私の姿を見つけて、さっそく、セキレイがやってくる。

「ね、見て見て、このしっぽ」

彼は自慢の尾を小《こ》きざみにふって見せる。

「なるほど、シャープな動きがすばらしいね」

そう言って先を急いでいると、また、セキレイが追いかけてくる。

「ね、見て見て、羽根をパッと拡《ひろ》げたところ」

「白と黒のアンサンブルが実に洗練されている。まるでパリ仕込みだ」

そこで歩いて行くと、またまたセキレイが追ってくる。

「ね・・・」

「判った。君の姿はたしかに美しい。私は断言する。美そのもの、いや、それ以上のものかもしれない。ゆっくり足をとめて見る時間がなくてほんとに残念だ」

しばらく行くと、今度は追ってこない。振り返って見ると、ガールフレンドと一緒に、水ぎわの小石をつついていた。

26 生意気なカラス

近くの公園のベンチで、スケッチブックを拡《ひろ》げていたら、バサバサッと羽音がしてカラスが私のベンチの背にとまった。

よよっ！　と腰を浮かせて見ていると、カラスは私を見上げて「やあ」と鳴く。

そこで、私も「やあ」と言ってやった。

「やあ」と「やあ」で友達になろうと言うのかな、と思っていると、カラスは首をのばして、大きなくちばしで、私の腕をチョンとつついた。

「なんだ　なんだ?」

カラスのチョンは、ひょっとして友達になる儀式かと考えていると今度は、チョン、チョンと二度つつく。

友達のする事にしては、ちょっときつすぎはしないか。何事にも節度というものがある。これでは、まるで、あっちに行けと言いに来たみたいではないか。私は、だんだん腹が立ってきた。

ジャンパーを着ているから痛くはないが、シャツだけだったら、けっこう痛いぜ。どのくらい痛いかと言うと・・・

私は手に持っていた鉛筆の先でチョンとつつき返してやろうとした。

すると、カラスは二、三歩後《あと》ずさりして、こちらの様子をうかがっていたが、

私の決然とした態度を見て、向こうの
方へ飛んで行ってしまった。

27

風采《ふうさい》のあがらない雀

風采のあがらない雀が飛んできて、我が家のベランダの手すりにとまった。雀の上着は、わらくず色と言うか、土色《つち》と言うか、田舎のおじいちゃんの着古したチャンチャンコの色をしている。

彼は、ベランダの床に降《お》りたいらしい。しきりに室内をのぞきこむ。でも、ガラス戸のこちら側には人影がある。まよったあげく、あきらめて、寒そうに首をすくめ、それから、空を眺め始めた。

空は明《あか》るくなったり暗くなったり。霧雨が上から降ったり、横に流れたりしていた。

28

コスモス

コスモスの花が咲くと
天にさざなみが立つ

コスモスの花が揺《ゆ》れると
赤トンボがふえてゆく

29

影

影と二人
炎天の道を行く。
影は私の左を、やや前方に傾いて
踊るように歩いて行く。
私は、この無口な友人が好きだ。
「お互い　長いつき合いだなあ」
と言うと

影は、何も答えず、前を歩いて行った。

30

説教

苺畑の苺が色づき始めた。

さっそく、鳥たちがやってくる。

そうはさせるかと、お百姓が知恵をしぼる。

畑を囲《かこ》む柵のあちこちに黒い布切れが吊《つる》される。黒は不吉な色だ。鳥たちは、顔を見合わせる。

苺を食べたら、どうなるか。

風が吹いて、黒い布が、ふわりと起き上がる。

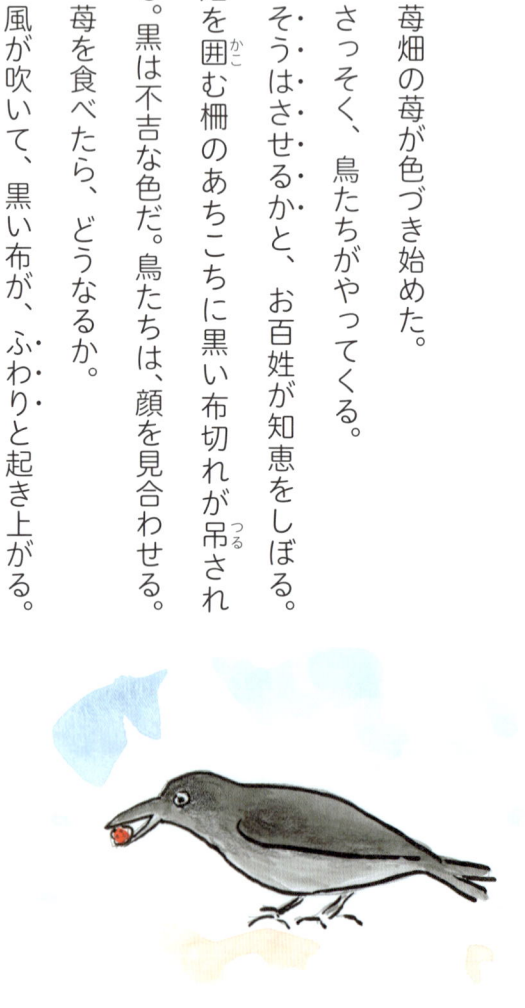

悪魔のハンカチが、おいでおいでをしているようだ。

鳥たちは後ずさりする。気の小さい雀は、一抜《いちぬ》けたーっと飛んで行ってしまった。めじろもこまどりも臆病風に吹かれて、飛んで行く、食《く》い意地の汚いひよどりも、いつのまにか消えてしまい、誰もいなくなった、と思ったら、

黒い奴が一羽だけ残っている。カラスだ。

なるほど、読めた。布の黒い色を、逆に利用しようというのだろう。

「だが、それは悪い了見だ。だからお前は世間からとやかく言われるのだ。鳥の世界だって、信用が大切なことに変わりはあるまい」

と、口の中でぶつぶつ説教していると、カラスは大きな苺を一つくわえて、こっちを見ていた。

31 合唱

すみれの花の涼しい歌声に
草も木も虫たちも、うっとり耳を傾けていると、向こうの方から合唱が聞こえてくる。
こちらは、犬ふぐりの花たちだ。
何を歌っているのかと耳をすますと
みんなで
「わーいっ！」

と言っている。

32

えんどうの花

五月晴れ　青き一掃《ひとは》き
えんどうの　畑に残る　雨の滴よ
えんどうは　紅《あか》のボンネか
えんどうは　白き蝶々

33　二羽のカケス

電線の上で、二羽のカケスが大声でしゃべっている。
「うるさい奴等だ！」
私が見上げると
顔を見合わせてだまってしまう。
でも、その下を通り抜けたとたん
悪口雑言が機関銃の弾のように
背中に飛んできた。

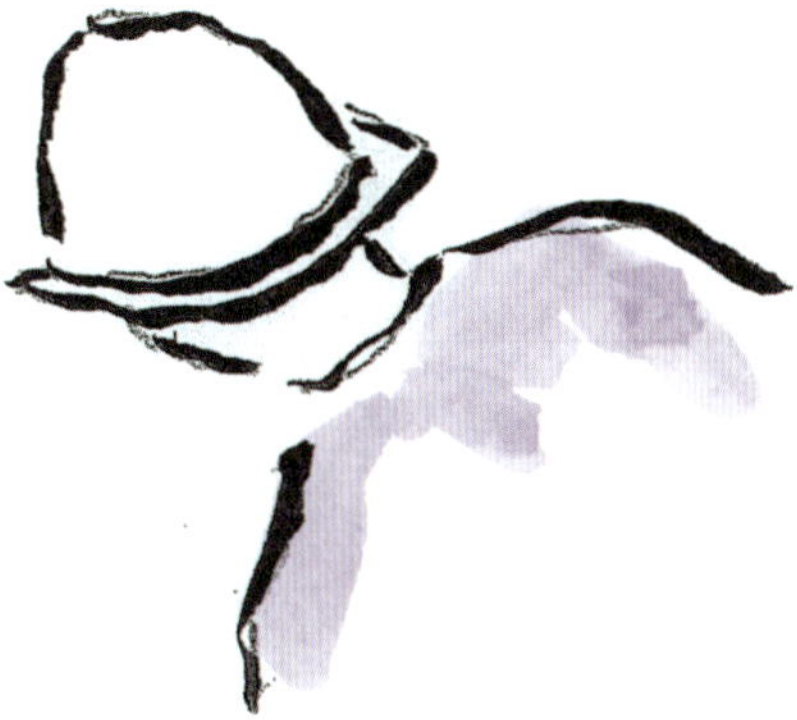

34 みみずの旅

山沿《ぞ》いの小径《こみち》で、みみずがひからびているのをよく見かける。

みみずは、半分乾《かわ》いて、つっぱっている。

蟻が三匹、まわりに集まって、どうやって運ぼうかと、身振り手振りを交えて相談している。相談はなかなかまとまらない。

ようやくまとまりかけた所へ、別の蟻がやって来て話をぶちこわしてしまう。そこで、相談は、また最初からやり直しになる。

話のなりゆきを気にかけて見ていると、こちらの方がいらいらしてくる。

みみずは夜の中《うち》に径を横断しようとしたのだろう。小径といっても彼等にしてみれば広大で、ちょっとした砂漠みたいなものだ。

出発にあたっては、それなりの覚悟があったに違いない。親しい仲間と水盃を交わしたかもしれない。

かくして壮途に着くわけだが、渡りきらないうちに夜が明けて陽が高く登れば万事休す。

冒険者の葬儀は、律儀者の蟻が一手に引き受けている。虫葬とでも言うのだろうか。

35

雀のお宿《やど》

夕方になって　雀たちが帰ってきたら
くすぐってやろうと
竹藪は待ちかまえている
だから　その時の
まあ　うるさいこと！

36

カラスの夢

カラスの森の上に星がめぐって行く。

レグルス・デネボラ・スピカ・・・

夜は青くなり、紫になり、緑に変わって行く。

ちょうど、夜が緑になった時、乙女座のスピカが真上にきていた。

カラスが暖かい羽根の中に頭を入れて、ねむりこけていた。

カラスの頭の中には、ビールびんのふたが一つ浮んでいる。小さな赤いふたで、彼の大切な宝物である。

昼間、けやきの根元に埋めておいた、そのビールびんのふたが星空の中にさんぜんと輝いている。

カラスはねむりながら星空を見ていた。

星空を見ながらねむっていた。

赤いビールびんのふたは、他の星たちと一緒に、ゆっくりゆっくり西へまわって行く。

夜は緑から赤に、赤から白に・・・

やがて、夜明けが近いことを風の匂いが知らせていく。

37

空中戦

うんかの如き大軍と言うが、羽虫の大群が川の上にむらがっている。そこへ、つばめの群れが押しよせて、大変な空中戦が始まった。

もっとも、羽虫の方は食われるばっかりだ。

これほどの数のつばめが、さして広くもない川の上にむらがって、お互いに衝突もせず、ひらりひらりと身をひるがえすさまは壮観だ。疲れると、電線にとまって戦況を眺めている。中には、首をのばして、えんどう畑の出来ぐあいを覗いていている奴もいる。

38 綿坊主の怪

タンポポの綿坊主が風に揺れている。

そのうちの一本は、頭が半分欠けている。

いくら他人様《ひとさま》の頭とは言っても、こういうひどい欠け方をしていると気になる。

これが頭だと思うから気になるので、ただの種子だと思えば何でもないと、そう理解はしていても、不用意に、ひょっこり、この半欠け頭に出会うと、また、ぎょっとさせられる。

39 バッタ

野道を行くと、バッタがとび出して腕にとまった。どうやら私の腕を木の枝とまちがえたらしい。私は、くすぐったさをじっとがまんしている。

木の枝にしてはどうもおかしい。

彼は梢を見上げる。そこには私の顔がある。

「げっ!」

思いっ切り私の腕をけとばすと、バッタは青い閃光になって飛んで行った。

40 夾竹桃の咲くころ

その犬は、いつも駄菓子屋のわきの空き地につながれていた。鎖の長さは約一メートルだから、彼は半径一メートルの円の中に坐って、その鼻先を通り抜けて行く車やら人やらを一日中眺めていた。

朝や夕方には、飼い主に連れられたよその犬たちが彼の前を通って行った。

三年前までは、彼もまた同じような境遇にあったのだが、駄菓子屋の主人がリウマチを患ってからは、散歩はとりやめになってしまっていた。

以来三年間、彼は店のわきに、しまりのないこま犬みたいに坐りこんだまま日を送っていた。

彼は日本犬の雑種であったが、鼻先がふやけたようなピンクで、それが、日本犬としての彼の威厳をいちじるしく損ねていた。

口の悪い小学生が、毎朝、「豚犬！」と呼んで通った。

しかし、何と言われても怒らないのが彼の取柄でもあった。

雨が降れば、車がはねかえして行く泥水をまともに受けて、全身の毛が、ぼそぼそにけば立ち、まるで、山あらしみたいになってしまった。このように、彼の日常生活は、あまり快適なものではなかった。

去年の夏、ちょうど、夾竹桃があざやかなピンクの花を青空に向けて咲きほこっていたころ、偶然、鎖の留め金が外れたことがあった。彼は鎖をヂャラヂャラ引きずったまま夜道を散歩に出かけた。三年ぶりの散歩であった。

川べりに出ると、折からの花火大会、光の花が夜空いっぱいに咲き乱れていた。

その晩、彼は、たいそう優雅に過ごして家に帰ってきた。

それから一年、駄菓子屋のまわりには、新しい家が建ち並び、夾竹桃の木も、その陰にかくれて、いつしか見えなくなってしまった。

しかし、梅雨もようやく終わりに近づき、時折夏の強い陽ざしが、かっとさしこむこのごろ、建てこんだ家と家との間の曲がりくねった路地を抜けて吹いてくる風が、夾竹桃の花が咲き始めたことを教えていった。

「また、花火の季節がやってきた」

トラックの地ひびきに揺られながら、彼は去年の夏の夜のことを思い出していた。

41

山鳩の唄

お豆が二つ
たべたら一つ
お豆が一つ
たべたら　もうない

42

三羽の雀

三羽の雀が飛んできて
ちゅんちゅんちゅく　ちゅんちゅんちゅく騒いでる
〝なーにを見つけたの〟
〝みーみーず〟

43 巣

枯れ枝に小鳥の巣がかかっている。
葉が繁っていたころには、そんなところに巣があろうとは考えてもみなかった。
しかし、一枚の葉もなくなってしまった今は、それがまる裸になって見えてしまう。
羽毛より軽やかに、巣はそこに置かれている。
もう、小鳥の姿が見えなくなった巣、緑の葉が楽しい隠れ家をおおっていた季節に、いったい何羽の雛が、ここから巣立っていったのだろう。
秋が来て、雛鳥たちの去った巣から、親の姿も見えなくなる。
激しく風が吹き、木の葉が一枚一枚散っていき、あらわになった梢の巣に、
昼は陽の光、夜は月と星の光が宿っていく。

44 林の中の学校

林の中に学校が立った。
さっそく小鳥たちが授業参観にやってくる
そして、先生の真似を始める
「ジュー足《た》す　ジューはゴ」
「ジュー足《た》す　ジューはゴ」
でたらめだ!
でも彼等は、いっこうに気にしない

小径《みち》をたどりながら、私もいつのまにか口ずさんでいた
「ジュー足《た》す　ジューはゴ」

45　にわか画家

池いっぱいにひろがった蓮の葉を描《か》こうと、真ん中あたりの一枚から描き始めた。

何しろ、大きな葉なので、一枚描くのも大変だ。途中で、ちょっとよそ見をしていたら、どの葉を描いていたのか判らなくなってしまった。

やっと、それらしいのを見つけて、なんとか描き終えて隣の葉に移る。

隣といってもたくさんあるから、左と決めて左の葉を描く、それが終わるとその左・・・葉っぱが画用紙の中央に一列横隊に並んでしまった。

それでは、今度は縦にしようかと思ったが、横一列と縦一列の組み合わせでは十の字みたいで変だ。

それでは、放射状に描いたらどうだ。これはなかなか理にかなっている気がする。しかし理にかなってはいても、実行が大変だ。

少し描いたらくたびれた。

46　ダボハゼ

水の上から覗くと
水の中からダボハゼが見上げている。

ダボハゼを釣ってやろうと、上着の裏に下《さ》がっていた糸屑を抜いて、それにスルメイカの干物の耳の切れはしを結びつけ水に下ろす。

イカの耳は、水に浮かんだまま、ダボハゼの上を通り過ぎて流れて行く。

そこで、ダボハゼの真上に引き戻してやる。やはり、浮かんだまま流れてしまう。

これを、何べんかやってるうちに、イカの耳が水を吸って重くなり、糸の切れた凧のように、ひらひらと水の中をダボハゼの上に舞い下《お》りていった。

ダボハゼは、イカの耳を追うでもなく、逃げるでもなく、うさん臭そうに見上げている。イカの耳は、ダボハゼの頭の上を、沈むともなく、浮かぶともなく、ゆうゆうと揺れながら流れて行く。

今度こそ、狙いを定めて、ダボハゼの鼻先に下ろしてやる。

砂煙がさっと上がり、ダボハゼがとびついた。

〝やった！〟

しかし彼は、イカの耳を一噛《ひとかじ》りすると、また元の場所に戻ってしまった。

ダボハゼに噛られたイカの耳は、糸から外《はず》れて、ゆっくりゆっくり下流に流れて行ってしまう。
水の上から覗くと
またダボハゼが見上げていた。

47

どんぐり

どんぐりの実を植えたら
芽が出た
雀が見にきた

48

つつじのおひなさま

昨夜の雨で、つつじが散った
ほとほと　ほとほとつつじが散った
落ちたつつじは裳裾をひろげ
みんな　かわいいおひなさま

第2編

里山あるき

里山を楽しむ

喜寿を得て、里山に居を移す。

住宅地といっても、ここらは、低い山を切り崩し、山と町が、いたる所で入りまじっている。

小鳥や狐、狸、妖精、妖怪が、人のすぐ近くにいる。雷も、ちょこちょこやってくる。そんな所で、林の道を、あちこち覗いてみた。

1 山中酒盛

山中の梅や
狸の
小酒盛り

2 村の辻

村の辻
狐狸の
立話し

3　月見草

月見草
蝶の宿にも
灯がともる

4　山鳩

里山の径《みち》を歩いていると
向こうの林で山鳩が鳴いている
〝ホーホー　ホーホー〟
すると、その鳴き声に応えるかのように
〝ほーほー　ほーほー〟
と鳴いている自分がいた
〝ホーホー　ホーホー〟

〃ほーほー　ほーほー〃
今鳴いている自分が山鳩なのか
向こうの林で鳴いている山鳩が自分なのか、判らなくなってしまった

5　山羊

丘で山羊が草を食べている
食べながら、だんだん上の方へ上って行く
そこには、白い雲がある
山羊は丘の一番上まで行くと
こんどは雲を食べ始めた
〝おーい！　それは違うぞ！〟
私は心の中で叫んだ

しかし、山羊はどんどん食べている
雲をどんどん食べているうちに
とうとう、山羊は雲になってしまった

6　妖怪百目

山陰に、ひときわ樹木が繁茂した一画がある。陽の光が通らないので、そこへ入る時は、いっとき目をこらしてから、一歩一歩足を踏みしめて歩く。

暗闇には目がある。

前にも、横にも、後にも無数の目がこちらを見ている。

前へ進めば前へ、目はついてくる。

きっと狸の仕業《しわざ》だ。

狸が〝百目の術〟を使って、人をたぶらかそうとしているに違いない。

〝百の目〟でみられると、さすがに落ち着かない。早くここから抜け出そうと径《みち》を急ぐ、〝百目〟は〝見てるぞー〟とでも言うようについてくる。

木の根につまずく、こけそうになる。狸共の笑い声が聞こえるような気がする。

そのうち、径が少し明るくなってきた。ところどころに陽がさしこんできた。あたりを見廻すと、目の数が減って〝五十目〟位になり、勇気が湧いてくる。

〝狸め、狸汁にしてやるぞ〟

と胸の中でつぶやく。

径は、どんどん明るくなり〝目〟はすっかり消えてしまった。

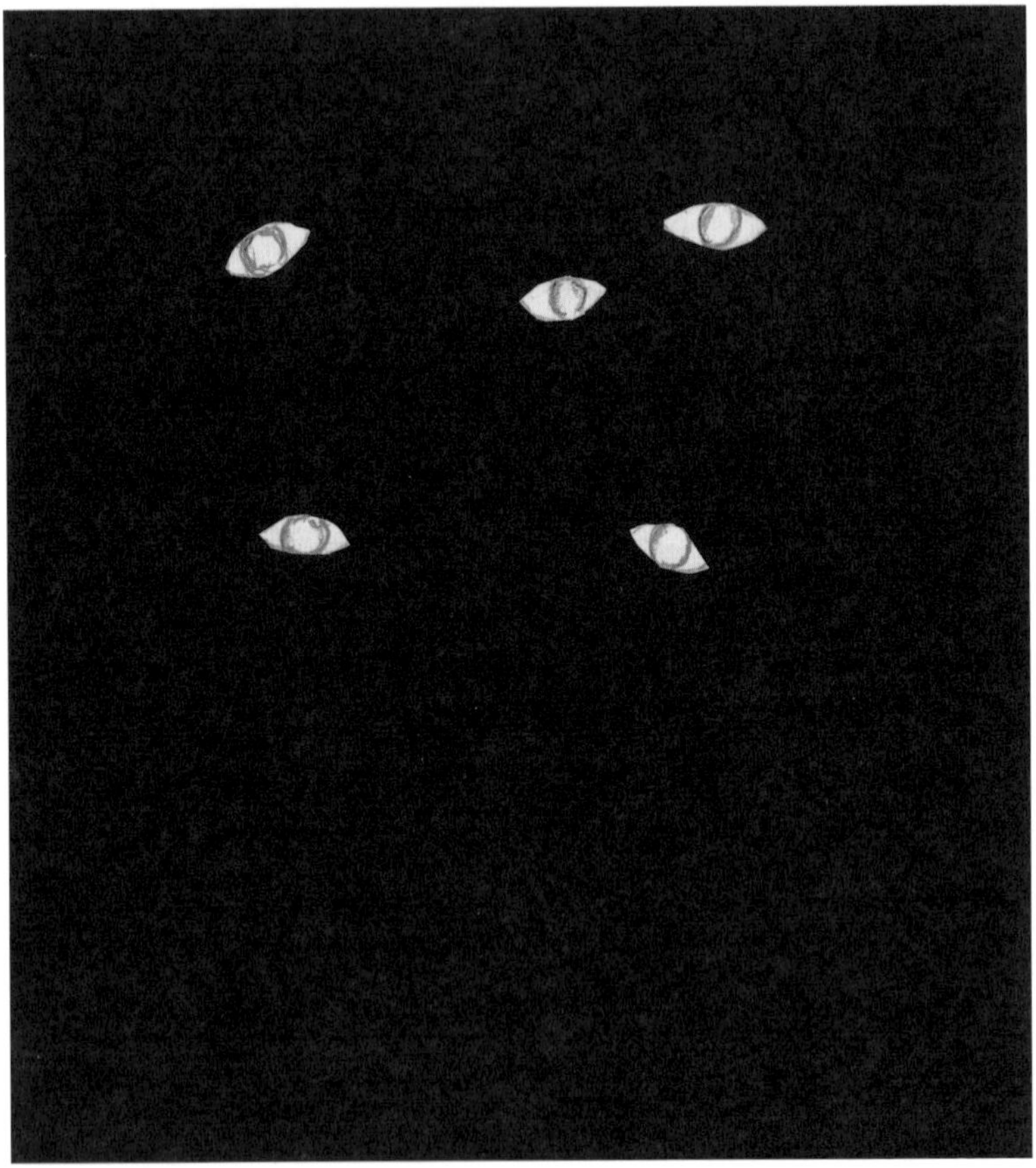

7　河童

池の東側は、河骨《こうほね》の葉で、埋めつくされている。一方、池の中ほどにある石橋をへだてた西側は水蓮の葉でいっぱいだ。薄紅《うすべに》色の花も、ちらほら咲いている。

池の東側の岸のベンチに腰かけて、池や、その対岸に、うっそうと茂った木立を眺めていた。

池にひろがった河骨の葉の多くは、密集したヨットの帆のように、そり返って立っている。

眺めているうちに、ふと、妙な考えが頭に浮かんだ。

〝このコウホネの葉の中に河童がまぎれこんで、青い頭だけ出していたとしても判らないだろうな〟

〝たとえば、あの葉のとなりに河童の青い頭があって目をキョロキョロ光らせていたとしても・・・〟

そう思っていた次の瞬間、私はこおりついてしまった。

〝え？　え？　あれは本当に河童ではないか！〟

〝こっちを見ている！〟

河童が吸いこまれるような灰色の目で私を見ている。こちらも、どうしたことか、目が離せない。

どれだけの時間か判らないが、ふと呪縛がとけて、私は元にもどった。河童の顔は、もう消えて、あたりは青い河骨の葉ばかりだった。

8　亀と木の枝

池の縁の石垣に、亀が五、六匹這い上がっている。亀は甲羅を干している。この動物は、やたらに愚痴っぽい。今もまた、しきりに愚痴をこぼしている。その声を聞いて、池の上まで枝を伸ばしていた木の枝が、まるで、その愚痴の一つ一つを聞いてでもやるように、枝葉を揺《ゆ》らして、うなずいている。

亀は言う。

〝上にいる亀が私の頭を踏んづけた〟

また、別の亀は

〝カラスにしっぽをつつかれた〟
と愚痴る。
その度《たび》に木の枝は
〝そうか、そうか〟
とやさしくうなずき葉をゆさゆさ揺らす。さらに別の亀は
〝頭の上にいた奴がオナラをした〟
と言う。
木の枝は、また
〝そうか、そうか〟
と葉を揺らす。

言う事を言ってしまうと、亀たちは、みんな満足してねむってしまう。

それを見守って木は、ゆったりと池の上に枝葉を垂《た》らす。

水面《みなも》には、水蓮のはなやかな花が、池いっぱいにひろがり、トンボがすいすい飛んでいた。

9　玉虫

林道で玉虫の羽根を一枚拾った。

黒い地面の、落ち葉の間《あいだ》に、宝石のような光を放《はな》って、それはあった。

〝たった一枚しかなかった〟ということは、残りの部分は蟻が食べてしまったという事だ。

以前も、この林道で玉虫を拾ったが、その時は、完全な姿の玉虫だった。

玉虫と言えば、昔、正倉院で玉虫の厨子を見たことがある。

ただの虫の羽根だが、昔から、宝物とするだけの美の価値を認めていたのだろう。
あらためて、たった一枚の玉虫の羽根を見る。
やはり、美しい。

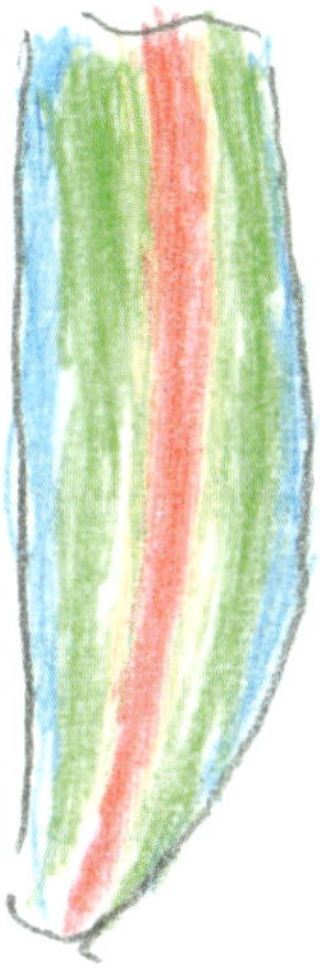

10　木の対話

林の木々を眺めていると、どの木の枝も、ゆっくり上下に揺《ゆ》れて、まるで、話《はなし》をしているように見え、また、うなずいているようにも見える。

木と木のコミュニケーションを考えてみると、こんな具合になるのだろうか。

向こうの木とこちらの木がある。向こうの木が

〝こうだ・・・こうだ・・・〟

と言って葉を揺らす。

すると、こっちの木が
〝そうか・・・そうか・・・〟

と葉を揺らして理解を示す。

彼等の会話は、このゆったりした動作のくり返しで成り立っている。

こちらが思いを表明すれば、あちらは、それに理解を示す。あちらが出せば、こちらは胸で受けとめる。

離れた木どうしが、それで十分心を通わせることができる。そして彼等は今日も葉を揺らしている。

〝こうだ・・・こうだ〟

〝そうか・・・そうか〟

11　山中の決闘

里山の径《みち》で、珍しく野良猫を見つけた。茂みの奥で日向ぼっこをしている。茶とらの大猫で、堂々たる野性の風格を放っていた。

日向ぼっこの邪魔《じゃま》をしてはと思ったが、持前の猫好きもあって、手持《ても》ちのサンドイッチのハムを一切《ひとき》れ近くに置いて通り過ぎた。

それから、しばらくして、散歩の帰りに同じ径を通った。とら猫は、もうそこには居なかったし、ハムもなくなっていた。

そこからは、いつもと違って、山越えでのコースで帰ることにした。山越えと言っても、足腰がまだ元気でさえあれば、十分そこそこで越えられそうなコースだが、現在の年齢と体調では、いささかの不安を覚えたが、つい無分別が先に立って、茂みの小径に踏みこんでしまった。

一歩一歩足を引きずりながら慎重に足を運ぶ。五歩登っては一息つき、十歩進んでは腰を休める。木々を通して、すぐそこに尾根が見えているのに、径は右に曲がり左に折れて、なかなかたどりつかない。

半分ほど登ったであろうか、木の看板が立っていた。曰く

〝まむしに注意〟

と。いやはや、この看板は登り口に立てておくべきものではなかったのか。看板を立てた山の管理者のバカ頭をののしってみたが、いまさら、どうしよ

うもない。
まさかとは思ったが、数歩も行かぬうちに、その危惧は現実になった。
左手前方の茂みの中に縄状のものがゆっくり動いていた。私は足をとめて、
じっと様子をうかがった。
〝へびだ〟
こういう時には、下手《へた》に動かない方が良い。後戻りして坂を降りようか。
それとも、蛇を払って押し通ろうか。しかし、身体の自由があまりきかない
今は、下手に手を出すのはいかがなものか。思案している時、横の茂みでか
さっと音がした。
現れたのは、さきほど日向ぼっこをしていた茶とらの大猫である。

猫は蛇をまっすぐ見つめて近づいて行く。蛇も向きをそちらに変えてかまえる。

猫がゆっくり距離をつめる。ハブを狙うマングースの動きか。両者の間合いがつまり緊張が一気に高まる。

すると、かま首をもたげていた蛇がふっと気をそらし、身体を後にずらして、するすると藪の中にかくれてしまった。

蛇が去るのを見届けた後、茶とらの大猫もゆっくり茂みの中に消えていった。

マムシ注意

12

額縁《がくぶち》

岡のふもとにある小さな公園
たった一つの木のベンチ
そこに腰を下《お》ろす。そして、頭上にひろがった桜の大樹の葉陰に初夏の強い陽射《ひざ》しをさけている。
のび放《ほう》だいに成長した草や、色とりどりの野の花々を眺めていると
〝む？〟
草花の額縁の中に、いつのまにか、ぬっと顔を出している奴がいる。

犬？

しかし、耳がちがう。

狸？

でもない。

あ、思い当たった。

アナグマだ！

アナグマは、おっとりと顔をつき出している。そこにいるのが当たり前のような顔をしている。私の顔を見て、〝何？　どうしたの？〟と言わんばかりだ。

私は、そっとスマホを出してかまえる。もっとも、私のスマホのカメラは、ちゃんと写ったためしがない。この前のカワセミを見た時も、キジを間近で狙った時もダメだったのだが、それを承知で、そうせずにはいられなかった。

シャッターを二度、三度あわただしく押す。

それから、アナグマと私は、いっとき見つめ合っていた。

どの位の時間だったろう。

やがて、アナグマは草の中に、のそのそと姿を消してしまった。

〝はぁっ〟とため息がもれて、肩の力《ちから》がぬけた。

アナグマを見たのは、これが初めてだった。まるで、夢からさめた気持ちだ。アナグマが消えた草むらを、何度も何度も見つめ直してみる。

しかし、黄色のブタ草の花や、春じおんの花で飾られた草花の額縁の中に

アナグマが再び顔を出すことはなかった。

13　腰かけ

散歩の途中で、きまって腰を下《お》ろすところがある。

公園内の広い道の両側に並べられているレンガのベンチで、どこでも腰を下ろして休むことができる。

腰痛の起こり具合にもよるが、私の腰をかけて休む場所は、ほぼ定着している。そこで、彼（腰かけ）と私は旧知の間柄とも言える。

足を引きずりながら私が近づいて行くと、腰かけの方も、すっかり心得たもので

〝来たな！〟

と声をかけてくる。無論、レンガは声など発しないのであるが、私の耳には、そう聞こえるのである。

〝来たな！〟とレンガが声をかける。

〝来たぞ！〟と、私は無言で答える。そこで、どっかと、そこに腰を下ろす。やせた尻骨が固いレンガの表面にごつんと当たる。

腰を下ろして一息つくと、朝陽に照らされて十分あたためられたレンガの表面で尻があたためられ、寒い時期には実に心地良い。

あたたかさが尻から背骨を伝って登ってくる。

植込みのさざんかの花をながめながら、〝はあ〟と思わず溜息がでる。雀がチチッと鳴いて飛んで行く。
ややあって、尻の下からレンガがたずねてくる。
〝どうだ?〟と
〝うむ〟私はうなる。
また少しおいて
〝あたたかいだろう?〟とレンガが重ねてきく。
〝うむ〟私は、また、うなる。

14

笑う花（ベランダの手入れ）

ハイビスカスの花が咲いた
〝きれいだねえ！〟
と言うと、花もにっこり
赤い花がにっこり笑うと、よく見ないと判らないが
うす桃色の水蒸気のような気の輪が浮かぶ
大きい花には、大きい輪が
小さい花には小さい輪が

黄色い花には黄色い輪がぽっと浮かぶ
それが面白くて、何度も何度も花達に言う
〝きれいだねえ！〟

15 花と音楽

花びんに生けた花が枯れた時、無造作に捨ててしまうのには心が痛む。花が生命《いのち》を終える時、静かな音楽が生まれる。モーツァルトでもない。ベートーヴェンでもない。美しい、静かな音楽が流れる。

16 峠の名の由来

峠がある。
このあたりは、昔は、猿が住んでいた。
猿がいなくなって、こんどは、悪者が住みついた。
悪者は、峠を越える人からお金をとったり、悪さをした。
みんな困って麓の寺の住職に相談した。
住職は峠の樫《かし》の木に相談した。
樫の木は心よく引き受けた。

さて、天気の良い日、悪者は峠のてっぺんの樫の木の下にやって来た。そこで、樫の木は、太い枝で、悪者の頭をごつんとやった。

悪者は、気絶して、ひっくり返ってしまい、峠からいなくなった。

その後、もっと悪い、一ランク上の悪者がやって来た。

その悪者は、樫の木が、太い枝で、ボコリとやろうとしたら、ひょいと頭を下《さ》げてかわし、後をふり返って、にやりとした。

しかし、まわりの木たちが、いっせいに枝をふり上げてたたいたので、悪者は、ボコボコになって逃げていった。

それ以来、この峠は、ボコボコ峠と呼ばれるようになった。

17　お化け

さるすべりの古木がある。

太い、ごつごつの幹は、こぶだらけ、穴だらけで、まるでお化けだ。

そのお化けの木の前に、丁度《ちょうど》腰を下《お》ろすのに都合の良い、大きな石がある。

腰痛の激しい私は、よくそこに腰をかける。ただ、お化けと向かい合って坐るのは、あまり気分が良くないので、木に背を向けて坐る。

そのように坐った時は、いつでも、何となく背中がうすら寒くなるような、ぞくぞくした気がする。

ある日の事。その石に坐って目を閉《と》じていると、脳裏の暗い画面に人の影が浮かんだ。

白衣の老人が、今まさに、後ろから、覆《おお》いかぶさるようにのしかかってくるところだ。頭の中だけの動きではあるが、私は身をかわして身構える。

老人は一歩さがって、今度は、何やら呪文をとなえ始めた。

頭がくらくらして、まわりの景色がまわり始めた。

これはいかんと、こちらも手を合わせ般若心経をとなえる。

すると、まわっていた景色がとまった。

これを見て老人は、しわがれ声を、さらに高くはり上げて呪文を始める。

まわりの景色が再びまわり出す。

こちらも負けじと

〝能除一切苦《ノージョイッサイク》・・・

羯諦羯諦《ギャーテーギャーテイ》・・・〟

とがんばる。

景色は、とまったりまわったりしていたが、こちらのお経の力が勝ったのか、老人の姿はだんだん薄くなり消えてしまった。

こうして、頭の中の戦いは終わった。

集中していた気が、ぷつんと切れて、大きく息をついて目をあけた。

立ち上がってふり返ると

そこには、さるすべりの古木が、いつも通りの姿で立っていた。

18 狐と出会う

雑木林の小径《こみち》で狐と出会った。狐は立ち止まって、じっとこちらをうかがっている。

少しでも、こちらが身動きすれば、とたんに狐の姿は消えてしまうだろう。

私は、この緊張した時間を、少しでも長引かせようと思って、ささやくように言った。

〝こわがらなくても良いよ。じいさんは腰痛で、おまけに、びっこたっこだから〟

狐は、なおも動かずこちらを見ている。

そこで、とびきり優しい声で
〝こっちへおいで、チーズをあげるから〟

と言って、リュックからチーズを一片《ひとかけ》とり出して狐の前に投げてやった。

狐は、さっと、とびすさったが、立ちどまってチーズを見ると、とことこと前にきて、すばやくチーズをくわえて、茂《しげ》みにとびこんで消えてしまった。

その夜、夢を見た。昼間出会った狐が近づいてきて、

〝腰痛には、ドクダミの葉を噛《か》んではると良いよ〟

と言って消えた。

朝になって、昨日狐のいたところに行ってみた。

狐はいなかった。
しかし、ふと気がつくと、あたりに、ドクダミの白い花がいっぱい咲いていた。

19　大根を背負《しょ》って

スーパーで大根を買い、林道を通って帰った。本当は、半分に切った大根で良かったのだが、半分の大根は売ってなかったので、一本分を買った。重いものを買うと、リュックに入れて背負っても腰痛にひびくので、買わない方針でいたのだが、つい買ってしまった。しかも、いざ買うとなると、年甲斐もなく、よくばり根性が出て、小さいものより大きいもの、やせ大根より横綱級の奴を手に取ってしまう。

リュックに入れても、入り切らず、葉のついた首を上につき出した状態でかついだ。やれやれ。

一歩一歩ふんばって足を運ぶ、やっぱり重い。ずしりと重い。

後をふり返ると、大根の奴めが、リュックから頭を出し、涼しい顔で、あたりを見廻している。

まるで、駕籠にでも乗った気分でいるようで面白くない。

〝後《あと》で、大根おろしにしてやるぞ〟

と思いながら、ふうふう歩いていると
〝チチッ　バサバサ〟

と鳥の声と羽音がして、山がらに似た小鳥の一群が頭上の樹の枝に飛来した。

鳥の名は正確には判らないが、頭上の枝から枝へ、めまぐるしく飛び交う

小鳥の群を
〝あれよ　あれよ〟
と見上げていると、大根の奴もリュックから首をのばして眺めていた。
かたわらの大きな石の上にリュックを下《お》ろして坐りこみ、鳥達の大騒ぎを、
あっけにとられて見上げる。
〝何てことだ！〟
かたわらの大根をふり返り
〝おい！　見たか、すげえなあ！〟
と言ったが、大根は返事をしなかった。
やがて、気をとり直して立ち上がり、リュックを手に取り、足をふんばっ

てかつぎ上げた。しかしやっぱり、リュックは重かった。

20

鳥たちの広場

桂《かつら》や栃《とち》の大樹にかこまれた広場のベンチに腰をかけていると、近くにセキレイがやって来た。いつも、この広場にいるつがいのセキレイだ。

私は彼らに勝手に名前をつけている。少し身体の大きい活発なのが〝ハヤタ〟、小ぶりで用心深いのが〝スー〟。

私のベンチに、おそれ気《げ》なく近寄ってくるのは、いつもハヤタだ。パンをちぎって、細かくして投げてやる。

手をふり上げるのにびっくりしたか、ぱっと飛んで逃げた。でも、あまり遠くに行かず、芝の上でこっちも見ている。その視線の先には、今投げたパンくずがある。

それからの彼の動きは、いかにもセキレイらしい。

ツツツーまず左に十歩、それから右にツツツーと十歩、この左右の動きをくり返しながら近づいてくる。やがて立ち止まり、少し考えてから一《ひと》息にパンくずに直進し、パンくずをくわえ上げると一直線に逃げていった。

私が笑いながら見ていると、少し離れた所でパンくずをつついていた。

しかし、それっきり、おかわりの請求にはこなかった。どうやらセキレイには期待外《はず》れの味だったらしい。

別の日、こんどは、バターやハチミツ入《い》りのパンを持っていった。するとセキレイは大喜びでパンをつつきまくった。

ところが、この様子を見ていたむく鳥の一連隊がかけよって来た。モタとノロとペケだ。モタがハヤタを追い払って、パンくずを独占しようとした。ノロとペケもこれに加わった。

体の大きさではむく鳥にかなわないハヤタは、少し離れたところで、くやしそうに様子をうかがっていた。

しかし、めすのスーちゃんが見ている手前、このままと言うわけにはいかない。ハヤタはかくごを決めて前に進み始めた。

その様子を見てとった私は、ハヤタの方にもパンくずをまき、一方むくの動きもけんせいする方向にも残りのパンくずをまいた。

これでセキレイも、むく鳥もけんかをせずに、それぞれに食べ始めた。
いやはや

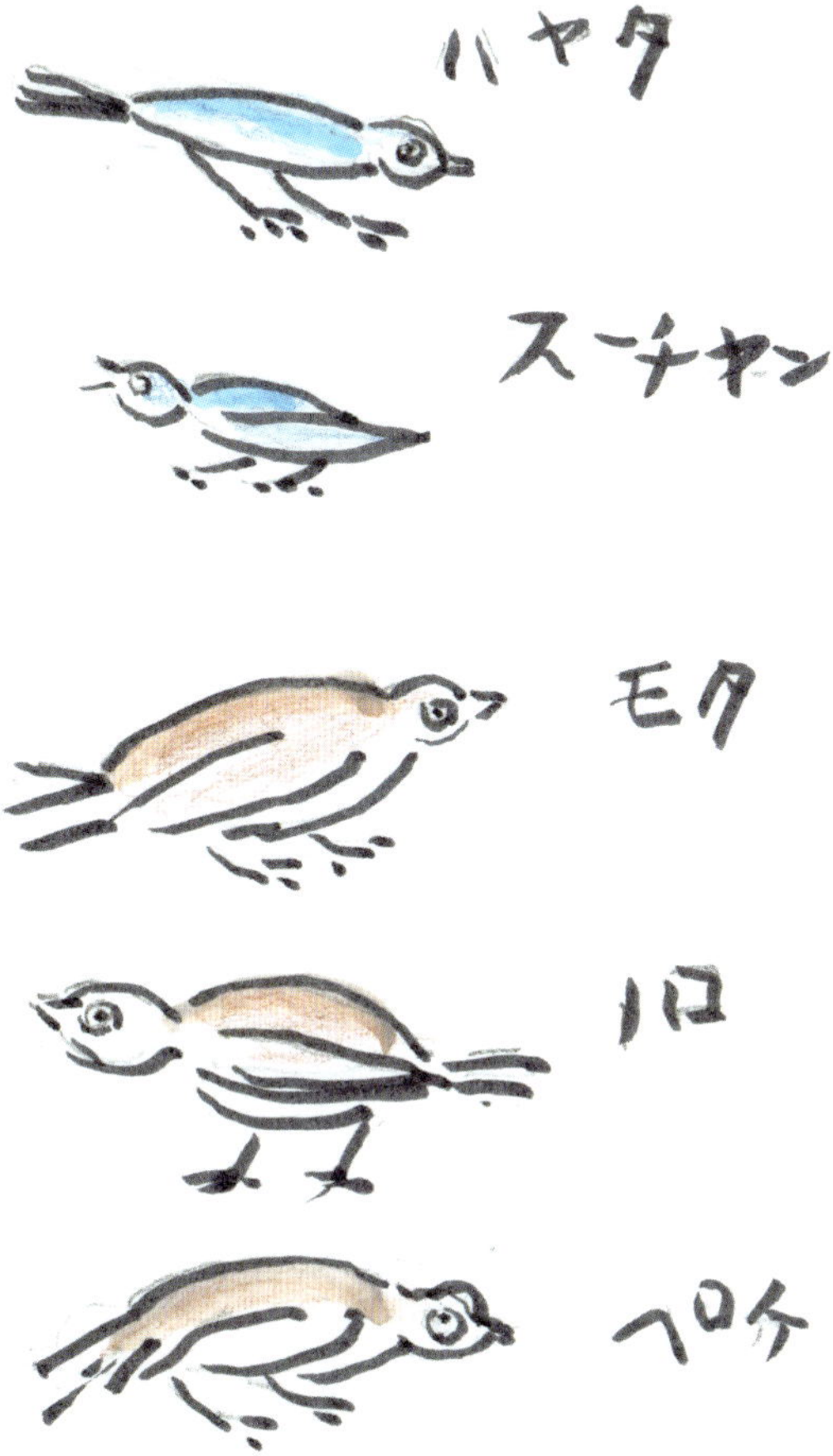

21 穴ボコ

木には、よく穴ボコがある。

人間が勝手に切ってしまった痕跡が、やがて穴ボコになるのではないか。そこには、切られた者の怨念がたまっているに違いない。

いつも通る散歩道の樹木にも、けっこう穴ボコがあいている。気にはなる。しかし、中をのぞいてみようとまでは思わない。小鳥や小動物が住家として いるのかもしれない。

のぞいてみたいような気もする。

〝それなら、のぞいてみたらどうだ〟と心のどこかが言う。でものぞかない。

なぜ？

穴ボコに目をつけて中をのぞいたら、穴の中から指が出て、目玉をぐりぐりとつぶされるかもしれないからだ。

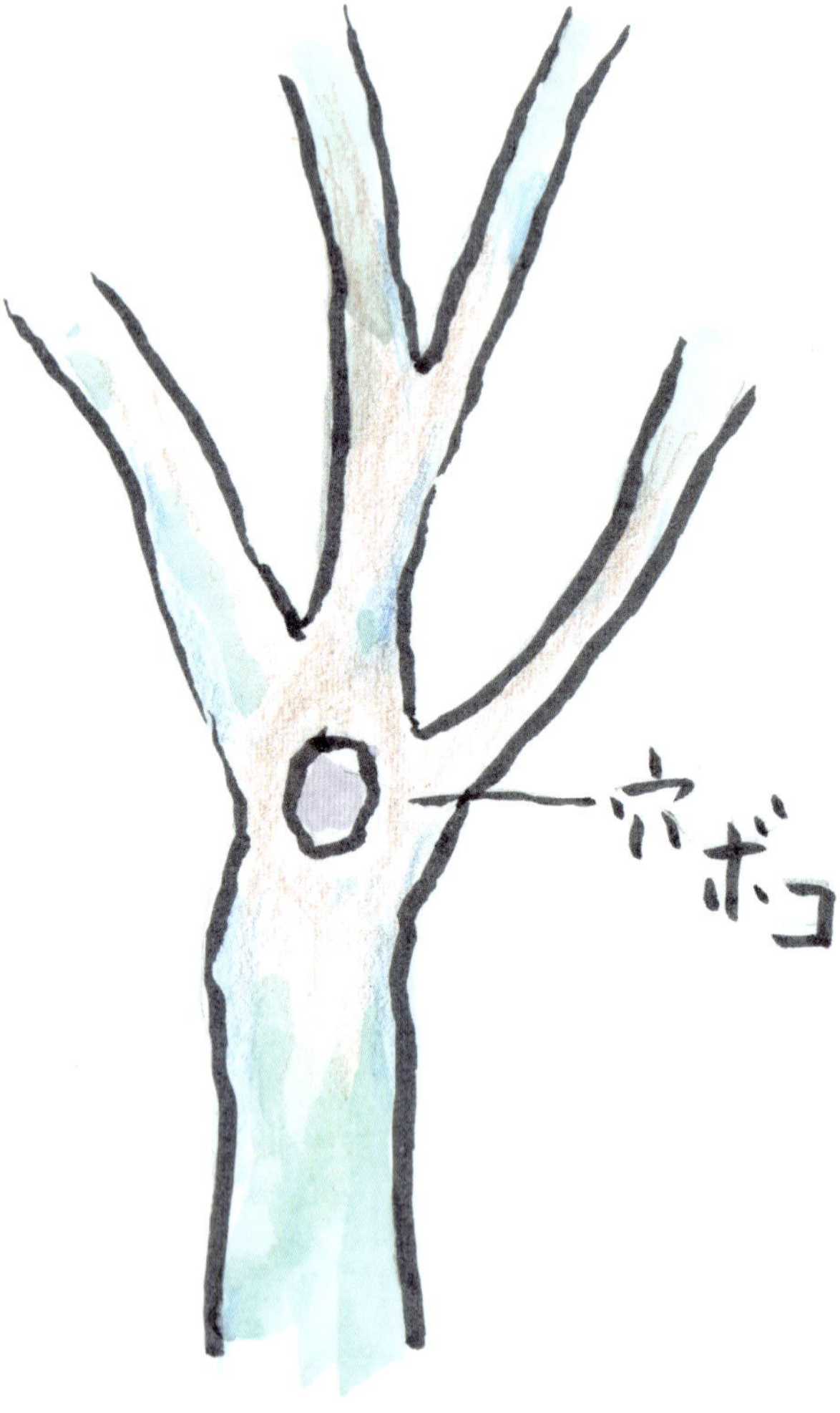
穴ボコ

22　穴ボコの続き

木の穴をのぞくことは、一度は止めてみたが、やはり気になる。そこで、用心しながらのぞいてみることにした。

そっと穴ボコに近づく、蜂などいやしないか。おでこを穴の入口にくっつける。暗くて何も見えない。

しばらくして、闇に目が慣れてくると、うっすらと中の様子が見えてきた。

闇の奥が、ぽっと明るくなっている。何かいる。小人だ。赤い帽子をかぶっている。

小人は何か作っているらしい。どうやらジュースを作っているようだ。仕事といっても、木の幹にコップをあてて樹液をとっているだけだ。

だが、コップがいくつもある。誰かお客があるのかな。そういえば、さっきこの木の近くにひよどりもいたし、コゲラの姿も見かけたようだ。

コゲラ
ウロコ

23 山椿

雨の中を散歩に出かけた。

山沿いの道は山椿の天蓋《てんがい》におおわれ雨をしのいでいる。歩いているうちに持病の腰痛がきびしくなって、どこか坐れる場所はと目で探す。道のわきには無論ベンチなどない。

片側の石垣は苔がびっしり生え、雨でぬるぬるしていて気持ちが悪い。

二月の寒さと雨のせいだろう。腰痛がいよいよ厳《きび》しい。足を引きずりながら歩く。

一ヶ所、石垣のかわいた所を見つけた。
倒れこむように腰を寄せ、体重をあずける。やれやれ。
一息ついてまわりを見れば、人影もなく雨雨雨・・・見上げれば椿の花花
花・・・足もとには落椿の赤、少し先には白、その先にしぼり・・・
図らずも花の館《やかた》に招かれてしまった。
花の家、花の宿・・・
古歌の
「行きくれて、木の下陰を宿とせば
　花や今宵の主ならまし」
を、ふと思い出した。

24　雷

ここらは山が近いせいか雷も多い。

山の方から黒雲が一団となってやってくる。速い！　みるみる上空にせまる。雷一家の襲来だ。

彼等は、直前に山越えをする。

山の上の背の高い杉の梢の先に、鼻の穴をつつかれた奴はくしゃみをする。

ハックション！

鼻の穴をつつかれて、こんちくしょうと怒った雷は、目からピカピカ稲光りを出し、ゴロゴロゴンゴン叫び声をあげて威嚇する。

迎え討つ杉の木たちは、雷の鼻の穴をチョイチョイとつつく。

黒雲一家は次から次へとやってくる。そして鼻をつつかれ怒り出す。

ゴロゴロ　ピカピカ　ゴロゴロゴロ

25 雷の子供

空はまっ黒、ピカピカッと稲光りが走る。ガラガラッどっしーん、近くに雷が落ちた。

今日は一日こんな天気らしい。でも、嵐にも強弱はあるだろう。そのうち、嵐もくたびれて一休《ひとやす》みするだろう。

ゴロゴロドッカーンを2時間ほど続けたら、雨も少しこやみになり、空も心持ち明るくなった。

チャンスとばかり傘をさして外にとび出した。

栃《とち》や柏《かしわ》の大樹に囲《かこ》まれた広場にやってきた。

いつもは、子供たちがサッカーをしていたり、人の居ない時は、セキレイやむく鳥が芝生をついたりしているのだが、さすがに今は誰も居ない。

いや居る。雨の降る広場の芝生の上に子供が一人うずくまっている。

不審に思って近寄って見ると、なんだか変だ。はだかだ。顔も身体も赤い。頭の上に角が一本生《は》えている。

〝や！　雷の子供ではないか！〟

芝生の上に坐りこんで泣いている。どうしたのだろう？　雷でもなんでも泣いているのはかわいそうだ。そばへ行って聞いてみようかしら、いや待てよ。そばへ行ったら親雷《おやかみなり》がどこからか現《あらわ》れて、ひどい目に遭わされるかもしれない。

やめようか、いやかわいそう。近寄って訳《わけ》をきいてみた。

すると、雲から落ちた拍子にタイコのひもが切れてしまったのだと言う。

見れば、五ケばかりのゴロゴロタイコをつなげたひもが切れている。

〝じゃあ、ここを結んでつなげてあげよう〟そう言って、切れたひもを結び合わせて直してやると
雷の子供は、とび上がって大喜び、直《なお》ったタイコを持って空にかけあがって行った。

それからは、ピカピカゴロゴロゴロの音もだんだん小さくなっていったが、ゴロゴロの音の合間《あいま》に、小さなコロコロと言う音が聞こえていた。

26　つくし

雑木林と住宅がいりまじった地域の一角に高架線の巨大な鉄塔が立っている。立っているというより、あたりを睥睨《へいげい》している。

その権勢は強大で、周囲を高いフェンスで囲い、人を寄せつけない。だから、人影は皆無である。

そこで、草も木も我物顔に生い茂っている。そして彼等は、どうやら特権意識を持っているかのようだ。つまり、威張っている。

先日、このフェンスの横を歩いた。フェンスは延々と続く。フェンスの中をのぞくと、やっぱり春だ、若草がたくさん茂っている。

だが、その時、やっとばかり目を見張った。つくしだ！　しかも見事なつくしが、あっちにもこっちにもいっぱい背を伸《の》ばしている。

つくしは春の摘草の王様だ。だが、ここらでは、なかなか見かけない奴だ。

そのつくしがフェンスの向こう側に、これ見よがしにいっぱい生えている。

フェンスの網目に手を入れようとしたがダメだ。フェンスの下もダメだ。

〝へっへっへ〟

とつくしが笑った。こんちくしょうと思いながらフェンスに沿って歩いて行くと
〝あ！〟

フェンスのこちら側の歩道にはみだして生えているつくしが三本立っている。
〝これだ！　見つけたぞ！〟
狼が迷子の仔豚を見つけた心境だ。
〝ひっひっひ〟
摘みとってやろうと手をのばしかかった。だが待てよ。つくしは
〝おじちゃん　つまないで〟
と言っているように思えた。孤立無援のつくしを力まかせに摘《つ》みとって良いのか？
春ぼけした頭の回路がカチカチと動き、どこかのストッパーがカチンと降

りた。

私は、摘むのを止めて、その場をはなれた。

〝3本ばかりとっても、しょうがないではないか〟

頭の中のどこかで、ぶつぶつ言っていた。

27

怪

この公園は、山と隣り合った、と言うより、山の一部を切り開いて作った公園なので、山の木々がいっぱい茂っている。

昼間のうちこそ、いくらか人出はあるものの夕方になると、人影もぱったりなくなってしまう。

鳥たちも、さっさとねぐらにおさまって、夜は、しーんと物音一つしない。

真夜中の一時を過ぎると、音の出るはずのない公園の背の高い古時計が、ボーンと鳴った。

古池にかかった石橋のあたりが、ぽーっと明るくなる。

すると、どこからか、おはやしの音《ね》が聞こえてくる。その音に合わせて石橋の上に影絵のように現れたのは、狐である。

〝よっ！　お狐太夫！〟

暗闇から声がかかる。

石橋の反対側から狸のポンポコ姫が現れ橋の上で狐と狸が踊り始める。

橋のまわりには、いつの間にか、たくさんの見物客がつめかけている。

亀、ふくろう、公園の木馬、大きな時計も顔を出している。

狸姫が唄に合わせて踊る。

〝ポンポコ山の子狸はー〟

こちらは狐太夫、片手を顔の前にかざして、

〝どこをねぐらの渡り鳥ー〟

〝よっ！　御両人！〟

盛んに声がとび交《か》う。

まわりの木々がわさわさ枝をゆする。亀が首をふる。しかし、そのうち、ごおーっと風が鳴ると、時計があわてて、ボーン、ボーン、ボーン、ボーンと四つ鳴らす。

4時だ。橋の灯りがぱっと消え、あたりは、また、もとの暗闇にもどる。

28　ひよどり

藪椿の咲いた道を行くと、ひよどりがさかんに鳴いている。
〝イーヨ、イーヨ〟
そこで私も、会話を試みる。
〝イイ天気だね〟
頭上の椿の枝でひよどりが応える。
〝イーヨ、イーヨ〟
ばさばさと羽音がして、目の前の小枝に飛び移ったひよどりが、私の目の前で、椿の花に顔を寄せて蜜を吸い始めた。小さな丸いひよどりの頭が、私の顔のまん前に来ている。息をするのもはばかられる近さだ。

〝こんな近くで良いのかなあ？〟

と胸の中《うち》でつぶやいた。

しかし、ひよどりは、蜜に夢中になっていたので、何も言わなかった。

29　妖精

〝銀蘭《ぎんらん》咲いたよ〟
と妖精が金蘭《きんらん》に知らせる
すると金蘭は大急ぎで花を咲かせる
妖精は、今度は銀蘭のところへ行って
〝金蘭が咲いたよ〟
と知らせる
銀蘭も大急ぎで花を咲かせる

金蘭と銀蘭がそろって咲いたので妖精は手をたたいて大喜び、歌をうたって踊り出す

〝金蘭咲いた　銀蘭咲いた
ヒューリロリロリー〟

30　カワセミ

古池の水の上に、赤と青の光がよぎった。

何だ、今のは？

光の主は、どうやら、カワセミらしい。向こう岸の木の枝先にとまっている。赤青緑の、なんでも恐ろしく派手で、きれいな鳥だ。

〝あ！　水に飛びこんだ！〟

すぐに元の枝にもどった時、くちばしに銀色に輝く小魚をくわえている。

スマホで写真をとってやろうと、抜き足さし足近寄ると、あと一歩というところで、カワセミは飛び立って、池のあちら側に行ってしまう。

それでは、こちらもあちらへ行ってやろうと、しのび足で近づく。こんどこそとスマホをかざす。あせっているせいか、スマホの画面に木の枝ばかり写って、なかなか鳥の姿が入らない。

ヤットコサットコ画面に入った時には、カワセミは、また向こう岸に行ってしまった。

木の枝にとまって、こっちを見ている。まるで

〝ヤーイ、ヤイ！〟

と言っているみたいだ。カワセミに馬鹿にされるのは不本意だが、仕方がない。

31

画眉鳥《がびちょう》とウグイス

林の道を歩いていると、画眉鳥《がびちょう》が鳴いている。と言うより、しゃべりまくっている。

〝サッキタベタムシオイシクナーイ！　オイシクナーイ！　イマタベタノオイシーヨ！　オイシーヨ！　オイシーヨ！　ナンダカシラナイケドオイシーヨ！　オイシーヨ！〟

ウグイスは、このバカみたいな鳴き声が大きらいだ。そこで、じ・ゃ・ま・を入れる。

すきとおった、きれいな声で
〝ホーホケキョ！　ホケキョ！　ホケキョ！〟
画眉鳥は、一しゅん、びっくりするが、負けていない。
〝ムシクッテタベテオイシーヨ！　オイシーヨ！〟
〝ホーホケキョ！　ケキョ！　ケキョ！〟
この攻防は、日の暮れるまで続く。
桜が散って、つつじ、山吹に移り、青葉がふえてきた。

32 木馬

山の麓の小さな公園に、すべり台と親仔の木馬がおいてあった。そこへ、近くの団地から子供たちが時々遊びにきていた。

ところが、歳月が過ぎ、この子供たちも大人になって、すべり台にくる子もいなくなり、親仔の木馬も、すっかり古ぼけて、見る人もいなくなり、公園はひっそりとしてしまった。

私は塗装のはげた、がたぴしのベンチに坐って、この木馬を見るのが好きだった。ただの丸太を組み合わせて、金具でとめただけのものだったが、長年母馬仔馬が雨風にさらされ並んで立っていると、いつの間にか、親仔の情愛がにじみ出ているように思えた。

ところが、公園の管理の都合だろうか、ある日、すべり台も、木馬の親仔も、とり払われて、なくなってしまった。

以来、私は、そこのベンチに坐る度《たび》に、何もなくなった景色を眺めるのであるが、空のどこかで、風の音にまじって、親仔の馬のいななきが聞こえるような気がしてならない。

おわりに

里山の我が家の玄関近くに、見事な芙蓉《ふよう》がある。
酔芙蓉《すいふよう》と呼ばれているが、朝には純白の花を咲かす。
昼になると、ほのかに紅《べに》がさしてくる。
微醺《びくん》というところか。
夕方のぞいてみると、すっかり紅《あか》い顔になっている。
それでは、こちらも、帰って一杯やるかという気になる。
では・・・

小野　養（おの　よう）

1934年東京都生まれ。

北海道大学水産学部卒業ののち、県立水産高校にて練習船の船長を長年務める。

体調をくずし下船後は教師に専念。

定年後は自然豊かな環境に暮らし、日々の自然観察で思うことを書やスケッチにしたため、本書を刊行。

趣味は、空手の型の稽古。

野原さんぽ　里山あるき

2025年３月21日　初版発行

著　　者　小野　養
発行・発売　株式会社三省堂書店／創英社
〒101-0051　東京都千代田区神田神保町1-1
TEL：03-3291-2295　FAX：03-3292-7687
印刷・製本　大盛印刷株式会社

ISBN978-4-87923-293-9 C0095
落丁・乱丁本はお取替えいたします。
定価はカバーに表示されています。